KB271308

단풍

2집

정승열 丁承烈

정승열 시인은 1947년 인천에서 태어났으며 1979년 시문학으로 등단했다.
36년간 인천 내항문학회 회원으로 동인활동을 해 왔으며 한국문협 인천광역시회 부지부장, 시문학회 회원, 새얼백일장 심사위원 등을 역임했다.
시집으로 〈새가 날개를 퍼덕여도 숲은 공간을 주지 않았다.〉, 〈단풍 1집〉이 있으며 인천예총 예술인상, 인천광역시문화상 등을 수상했다.
현재 인천광역시 삼산중학교 교장으로 재직중이다.

이메일 : mmm812@unitel.co.kr

정승열시집 **단풍** 2집

2009년 7월 10일 1판 1쇄 인쇄
2009년 7월 15일 1판 1쇄 발행
지은이 정 승 렬
펴낸이 김 송 희
펴낸곳 도서출판 메세나
주소 ｜ 405-233 인천광역시 남동구 간석3동 919-4호
전화 ｜ (032) 463-8355(대표)
팩스 ｜ (032) 463-8339(전용)
홈페이지 ｜ www.jaryoweon.co.kr
이메일 ｜ jrw92@jaryoweon.co.kr
출판등록 2002. 11. 20. 제2002-11호

ⓒ 2009, 정승렬. Printed in Korea

ISBN-978-89-90468-38-3   03810

※ 이 시집은 인천문화재단 일반공모 지원사업비를 일부 지원받아 발간된 도서입니다.

※ 책값은 뒷표지에 기록되어 있습니다.

단 풍 _{2집}

정승열 시집

 메세나

단풍 2집을 읽는 분에게

■ 1집 증보판입니다.

■ 단풍이란 나무들이 자라면서 봄과 여름의 격동기를 지나고 가을의 내공을 축적해서 겨울의 문턱에서 마지막 성숙의 빛을 뿜어내는 장엄한 의식입니다.

단풍의 뒤에는 소멸의 단계, 허무의 단계가 기다리고 있습니다. 단풍에서는 불가佛家에서 말하는 해탈 직전의 긴장된 모습을 볼 수 있습니다. 꼭 불가가 아니더라도 어느 종교에서나 또는 어느 삶에서나 마음의 성숙된 모습이 현상으로 나타난다면 단풍과 같은 모습이 아닐까 생각합니다.

그것은 일상을 탈피하는 깨달음의 모습이기도 하고 깨달음에 못 미친 안타까운 부끄러움의 모습이기도 합니다.

■ 선문답禪問答의 형식을 빌려서 현대시에 적용해 보려고 노력했습니다.

선문답은 스님들의 높은 정신세계를 상징적인 언어를 사용해 대화로 표현하고 확인하는 방법이라 알고 있습니다.

속인이 이해하기가 쉽지 않은 대화법입니다. 그러나 선문답에는 분명 시적인 요소가 있습니다. 비록 스님들의 정신 수양 단계를 검증하는 형식을 취하고 있지만 고도의 상징과 비유를 내포하고 있어 그 자체가 시의 형상을 보여주고 있다고 하겠습니다. 어떻게 보면 매력 있는 조상들의 유산이라고 아니 볼 수가 없습니다. 그래서 선문답 형식을 흉내 내어 일반인들도 접근하기 쉬운 내용으로 시도해 보았습니다.

■ 선시禪詩 형식을 빌려서 시에 적용해보려고 했습니다. 이미 많은 시인들이 선시에 관심을 가지고 이러한 시도를 해본 걸로 알고 있습니다. 그리고 상당한 성과를 거둔 시인들도 있습니다.

분명한 것은 선시禪詩야말로 관념시觀念詩의 백미白眉이며, 어찌 보면 관념시 중에서도 오랜 전통을 가지고 있다는 점을 주목해 볼 필요가 있습니다. 제가 알기로는 고려 때 백운경한 선사白雲景閑禪師 이후 우리나라 불가에 정착된 시형식이 아닌가 생각합니다. 체질상 수 십년 동안 관념시만을 추구해 온 저로서는 선시가 여간 매력이 아닐 수 없습니다. 고승다운 능력은 없고 표현도 따라가기 어렵지만 현대시와 접목해서 형식만을 선시에서 빌려보기로 했습니다. 내용은 그저 일반 서민들이 쉽게 접근해서 즐길 수 있는 보편적인 생활을 담아 보려고 했습니다. 가히 어설픈 행동이라 부끄럽기 짝이 없습니다.

■ 관념시觀念詩는 정신세계를 주로 형상화하는 시라고 보면 됩니다. 그런 면에서 본다면 거의 모든 시가 관념적인 요소를 가지고 있다고 보겠습니다.

그러나 시들 중에는 이런 정신이나 철학이나 사상적인 면보다도 언어적 기교로 감정이나 이미지를 형상화하는데 주력하는 시가 많습니다. 특히 우리나라 현대시의 주류는 이러한 이미지시, 감각적인 시에 의해 활발하게 이끌어져 왔다고 해도 과언이 아닙니다.

이러한 시들은 시의 생명을 언어에 두고 '언어의 기교'를 상당히 중요시하는 경향이 있습니다.

그런 관점에서 관념시를 보면 우선 정신세계를 표현한다는 자체가 너무 무겁고 또 시어로서의 신선한 매력도 별로 없는 경우가 많습니다.

그러나 감각적인 시, 이미지의 시를 감상할 때 '언어의 기교'를 중심으로 신선한 표현에 초점을 두듯이 관념시를 감상할 때에는 거기에 맞는 감상 방법을 따로 가지고 있어야 한다는 것이 저의 주장입니다.

그 방법을 저는 '사유의 기교'라고 부르고 싶습니다. 우리가 시를 감상할 때 감각적인 경향이 강하다고 느끼는 시는 '언어적 기교'를 통해 참신한 표현들이 돋보일 때입니다. 마찬가지로 어떤 정신적인 감동을 수반한 시에서는 '사유의 기교'가 작용하는 것이라고 생각합니다.

사유의 기교를 고도로 발휘하면 선시와 같이 접근하기 힘든 난해한 시가 되듯이 감각적인 시들도 언어적 기교를 고도로 발휘하면 역시 난해한 시가 됩니다. 그래서 저는 이를 극복해 보려고 쉽게 읽을 수 있는 시를 만들려고 노력했습니다.

■ 내항문학內港文學 회원들에게 감사를 드립니다. 특히 소모임을 통해서 이 작품들에 대해 같이 토론하고 연구하고 비판을 아끼지 않은 회원들에게 감사를 드립니다.

삼산기슭에서 저자

:: 차례 ::

제1부 단풍

:: 차례 ::

제2부　숲

제1부

단풍

어린 보살
— 단풍 · 42

작은 절 앞을 지나
단풍이 우거진 골짜기를 향해
두 살 박이 아기가 아장아장 걸어갑니다.
골자기 저 안쪽 작은 오두막 자기 집을 향해.

걸어가던 아기가 돌아서며 손을 흔듭니다.
"초고, 고마어"
온 골짜기의 단풍이 같이 손을 흔듭니다.
스님은 합장을 합니다. "나무 관세음보살"
아기의 엄마 아빠는 엉엉 웁니다.
간호사는 초콜릿 하나를 손에 들고
멀어져 가는 아이에게 한없이 손을 흔듭니다.

지금 막 이 작은 절에서 다비식을 마친 아이
'고마워요'를 반복해 배워도 늘 '요'자를 빼 먹는 아이
초라하고 좀 모자라는 젊은 부부가 허겁지겁 들쳐 업고 병원
에 쳐들어 왔던 아이.

　수술비 낼 돈이 없어 젊은 부부가 몇 푼 안 되는 산골짜기 밭
문서를 대신 내밀고 아이를 살려만 달라고 떼를 썼던 그 아이
　수술 후 아픔을 초콜릿 하나로 참아내던 아이
　신기한 초콜릿 맛에 앙증맞게 웃던 아이
　의사와 간호사들이 돌아가며
　초콜릿 봉지를 사들고 갔던 아이.
　퇴원하는 날 밭문서를 돌려주며 원장님 눈시울을 적시게 만
든 아이.
　좀 모자라는 부모가 좋아했던 퇴원.
　사실은 절망적 상황이어서
　간호사들을 아무도 안보는 구석에서 울게 했던 아이.
　퇴원한 뒤에도 이 골짜기까지
　초콜릿을 들고 비번인 간호사들을 오게 했던 아이.

　골짜기에 들어서기 전에 있는 이 작은 절에서
　불공이라도 간절하게 드리고 가게 만든 아이.
　이야기를 들은 스님이 눈시울을 붉히며 찾아가게 만든 아이.

종내 스님이 임종을 맞게 만든 아이
어른도, 스님도 아닌 아이 주검을 두고
"우리 절에서 다비식을 합시다." 스님이 제안한 아이.

만나는 사람마다 마음을 온통 헤집어 놓고
울게 만든
그 못된 두 살 박이 아이가
지금 단풍이 꽉 들어찬 골짜기를 향해 아장아장 걸어갑니다.
골짜기 저 안쪽 자기 집을 향해.
"초고, 고마어" 손을 흔들며.

기다림
— 단풍 · 52

스님은 바보야
스님은 바보야
스님은 바보야

내가 왜 코스모스를 꺾는 지도 모르고
내가 댓돌에 앉아
왜 한없이 절 오르는 길을 내다보고 있는지
아무리 바라보아도 왜 싫증이 안 나는지
스님은 그것도 모르는 바보야.

엄마가 나를 절에 맡기고 간 그때가
코스모스가 피는 계절이었다는 걸
스님은 그것도 모르면서
맨 날 부처님한테 절만 하래.

단풍제
— 단풍 · 49

지난 번 초상을 치른 친구
49제를 지내며
쓰잘 데 없는 것들을 절 뒤뜰에서 태웠다.

사진 하나 편지 한 조각에도
여전히 묻어나는 친구의 웃는 얼굴

아무리 털고 닦아내도
떨어지지 않는 미소들을
휴지처럼 모아
모질게
불을 지폈다.

마지막 웃음을 보이며
사라지는 유품들.

내가 손을 털고 떠나간
절집 숲에서
친구는

오래도록
저 혼자 불을 놓았다.

만월滿月
— 단풍 · 14

도봉산 기슭을 헤매다가
해질녘에야 만월암滿月庵에 올랐습니다.
만월암에 막 떠오른 둥근달을 보며
"저는 인천의 만월중학교滿月中學校 교감입니다."
스님이 합장하며
"어찌 이 험한 델 오셨는지요?"
"만월암의 저 보름달을 저희 학교로 찾아가기 위해서 왔습니다."
스님이 혀를 차며
"괜한 고생을 했군요. 보름달은 이미 만월중학교로 가고 이곳엔 없습니다."
나는 만월암에 떠 있는 달을 가리키며 짐짓 분개해서
"아니, 저기에 저렇게 보름달을 걸어두고 이곳에 없다니……."
스님이 다시 한번 합장하며
"저 달은 우리 것이 아닙니다. 만월중학교 것이지요.
단지 만월중학교 보름달이 너무 지고至高하여

이곳에서도 저리 환하게 볼 수 있는 게지요."

나는 얼굴이 빨개졌습니다.
온 골짜기의 나뭇잎이 모두 빨개졌습니다.

물이 되려면
— 단풍 · 58

이 춥고 궂은 땅에 태어나서
뜨거운 차 한 잔으로 빈 창자를 후비며
늑골 끝에 매달린 그 잘난 자존심 하나 살리려고
겁 없이 살고 싶다면
새처럼 날아보아라.

가슴 두근거리는 빛무리를 안고서
창공으로 창공으로
하늘 끝까지 날다가
가둘 수 없는 분노의 창으로
적군을 쓰러트리고
살이 벌겋게 데일 것 같은
사랑을 찌르고
학교에서 배운 숫자들의 과녁을
단숨에 관통해버리고
승리의 깃발을 훔쳐서
승승장구 한없이 날아보아라.

하도 날고 날아서 날지 않으면
콜록거리며 산골짜기에 처박혀
죽을지도 모른다는 몸떨림을 느낄 때까지
날아 보아라.
삭고 삭은 세월이 투지를 잃고 무장 해제한 달무리처럼
은은히 떠받쳐 올 때까지 날아보아라.
그리곤 세상을 한 바퀴 돌아와
처음으로
네가 살이 온 세상 아래로 더 아래로 몸을 뉘어 보아라.
아무소리 내지 말고 더 낮게
더 낮게.

길
— 단풍 · 2

이 세상을
등지고 떠나는 발걸음이야 오죽하랴.

마을을 감돌아
고개 위로 사라지는 길

그 고개 끝에 잠시 멈춰 서서
석양처럼
모질었던 마음을 붉게 토해내고 나면

팔랑팔랑
육신일랑 바람처럼 좀 가벼워질까.

고갯마루 빈 가지에 걸리는 그믐달처럼
가지 끝에 매달리는 쓰린 기억을
지나는 바람결에
명주 색실로 풀어서 날리고 나면

두둥실두둥실
육신일랑 구름처럼 흘러갈 수 있을까.

도너츠 가게
— 단풍 · 47

행자승은 불전함을 부수고 돈을 훔치려고 한
도둑을 붙잡고 소리를 질렀습니다.
다른 스님들도 모여들고
"어리숙한 도둑이구만"
주변이 웅성웅성 떠들썩해졌습니다.
범인은 초라한 모습으로 고개를 숙이고
행자승이 자초지종을 큰소리로 떠벌리고 있을 때
"그만 해 두게"
영 못마땅한 표정으로 행자승의 말을 끊으며 주지 스님은
도둑을 방장실로 데리고 들어갔습니다.
그 뒤로 도둑이 어떻게 되었는지 아는 사람은 아무도 없었습
니다.

세월이 한참 지난 후
행자승은 깊은 산 조그만 절의 주지가 되었습니다.
하루는 탁발을 나왔다가 지인(知人)을 만나
산사이야기를 하며 함께

도너츠 집에 들어가게 되었습니다.

"손님 오늘은 도너츠가 다 나갔네요. 죄송합니다."

죄송해하는 주인이 영 낯설지가 않았습니다.

"여기 상자의 도너츠는 무엇입니까?"

지인(知人)이 옆의 상자에 정갈하게 담겨있는 도너츠를 보고는 의아해 했습니다.

"아 그거요"

하루 팔다 남은 도너츠를 보육원에 보낸다고,

그런데 오늘은 유난히 장사가 잘되어

아무래도 보육원에 갈 도너츠가 남지 않을 듯해서

미리 담아둔 것이라고,

"도너츠를 기다리던 애들이 실망하지 않겠어요?"

주인은 미안한 표정으로 사정하듯 말했습니다.

"그 때 그 사람이다."

스님이 또 소리를 질렀습니다.

주인도 깜짝 놀라 스님을 보았습니다.

주인의 얼굴이 벌개졌습니다.

스님도 알 수 없는 부끄러움에 얼굴이 벌겋게 달아올랐습니다.

노을이었어요
— 단풍 · 59

스님! 스님!
부처님 얼굴이 이상해졌어요.
어딘가 좀 바뀐 것만 같아요.
아무리 부처님이 모습을 자주 바꾼다지만
글쎄 어제만 해도 아무나 보고
바보처럼 빙긋이 웃기만 하던 부처님이
밤사이 몸에다 요상한 법문을 걸으셨는지
눈을 지그시 감으시고
"고맙습니다. 사랑하세요"
그랬거든요.
얼굴빛이 노을이었어요.

못난이
— 단풍 · 26

I

교정校庭 한 모퉁이에 서 있는 못생긴 단풍나무입니다.
곁가지에 의지해 비틀비틀 자라난 앙상한 나무입니다.
가뜩이나 가냘픈 몸이 오늘따라 지독한 감기에
몸살을 앓습니다.

토요일 텅 빈 교정 때문만은 아닙니다.
차디찬 밤 공기 때문만도 아닙니다.
낮에 퇴근하시던 여선생님의 들뜬 목소리
내장산으로 단풍 구경 간다는
들뜬 목소리가

가뜩이나 못난 단풍나무 가슴을 아프게 합니다.
'나도 단풍나무인데…….'
하나, 주위를 둘러보아도 이만큼 못생긴 나무가 없습니다.
내장산 단풍나무가 너무너무 부러웠습니다.

II

온몸에 열이 펄펄 끓어 신음하는 모습이 안타까웠든지

별들이 무더기로 내려와

밤새 머리와 몸을 다독거려 주었습니다.

낮에도

화창한 가을 햇볕이 따스한 손길로

병색이 든 몸을 내내 어루만져 주었습니다.

III

월요일 아침 출근하는 여선생님들 목소리가 들렸습니다.

"내장산 단풍을 구경했으니 좋겠다."

"고생만 실컷 했어.

 단풍 구경이 아니라 사람과 자동차의 전쟁터야."

그러다 못 생긴 단풍나무를 향해 손짓했습니다.

“어머머, 저 단풍나무 좀 봐.”
순간 나무는 창피해서 몸을 움츠렸습니다.

“멋있다. 세상에 이렇게 곱게 단풍든 나무는 처음 봐.”

단풍무덤
— 단풍 · 28

깊은 산속에 아름드리 단풍나무 숲이 있습니다.

안개마저 자욱한 새벽녘

단풍나무들은 마음을 졸이며

미약해져 가는 어린 노루의 신음을 듣습니다.

지난밤 한숨 못 자며 들어야 했던

어린 노루의 비명소리

밀렵꾼의 덫에 걸려 발버둥치며 울부짖는

노루의 애끓는 소리에

숲은 밤새 파랗게 질려 있었습니다.

먼동이 트고 아침이 다가올 무렵

아기노루의 신음은 완전히 멈추었습니다.

마침 안개를 헤치고 숲에 들어서던 스님은

안개만큼이나 자욱한 죽음의 기운을 느끼고

주변을 두리번거렸습니다.

"죽은 사람은 없는데……."

그러나 나무와 안개와 숲이 뿜어내는 기운은
분명 애절한 죽음의 냄새였습니다.
"나무아미타불, 나무아미타불, 나무아미타불, 나무아미타
불……."
스님은 알 수 없는 죽음을 향해

아미타불의 세계로 귀의하라 염불을 외워주며 안개 속을 돌
았습니다.
단풍나무들도 하나둘 염불을 따라했습니다.
그래도 죽음의 냄새는 안개처럼 가시지 않았습니다.
스님은 숲 복판에 멈추어 서서 소리쳤습니다.
"오옴 아모가 바이로쟈나 마하무드라
마니 파드마 즈바라 프라바르타야 호오옴!"
그래도 숲은 꿈쩍 안 했습니다.

스님이
알 수 없는 죽음의 기운에 질려서 서둘러 숲을 빠져나가고

안개가 걷히면서 햇살이 퍼졌습니다.

“나무아미타불.”
저 높은 곳의 단풍나무 잎 하나가
허공으로 뛰어내렸습니다.
죽은 새끼노루를 덮어주려고…….
“나무아미타불, 나무아미타불…….”
연이어 단풍나무 잎들이 뛰어내리며 염불을 놓았습니다.

선택
— 단풍 · 22

"어른들은 모두 철딱서니가 없어요."
소년이 스님에게 말했습니다.
"어린놈이 그게 무슨 소린고?"
"서로 좋아할 때는 언제고

이제 싫어졌다고 이혼하고 저를 이런 보육원에 내버리는
그런 사람들이 무슨 어른이에요."
스님은 할 말을 잃었습니다.

잠시
스님은 손을 들어 단풍이 곱게 든 나무를 가리켰습니다.
"애야, 저 단풍을 보렴.
저 단풍의 고운 색은 어미나무가 만들어낸 게 아니란다.
단풍잎 스스로가
여름의 뙤약볕을 받아가며,
혹은 비바람과 천둥, 번개들을 이겨내 가며
또 가을의 찬바람을 삭히며 빚어낸 색깔이란다."

"그게 저와 무슨 상관이에요."
"너나 단풍잎이나 모두 같단다."
소년은 매몰차게 말했습니다.
"나는 부모가 나를 버렸어요."

"얘야, 너는 잠시 네 부모님의 인연을 빌어
이 세상에 나왔을 뿐이란다."
스님은 단풍잎을 쓰다듬으며 말했습니다.
"스스로가 더 존귀한 거란다.
부모에 의지하지 아니하고도
스스로가 시련을 이겨내는 아이로
부처님이 너를 특별히 선택한 것 같구나.
장차 저기 저 단풍잎처럼
스스로 훌륭하게 자랄 아이로."

골짜기의 단풍잎들이
서로 자랑스런 얼굴을 비벼대며
더욱 붉어졌습니다.

어디로 가야 하나
― 단풍 · 1

여름 내내
하늘을 향해 흔들던 푸른 손바닥이 어느덧
붉은 석양에 걸리고
그대를 닮은 하늘을 향해 솟아오르던 그리움, 그 가지 끝에서
뱅글뱅글
이제는 한 줄기 바람으로 맴돌다
한 방울 눈물 속에
노을을 담고 나면
이제 나는 어디로 가야 하나.
둥실둥실
어디로 가야 하나.

쪽배
— 단풍 · 18

갈대밭을 지나
노을로 가득 찬
가을 바다가 있습니다.

언덕에 단풍나무가 서서
지는 해를 보다가
스스로 눈시울이 붉어져 눈을 감습니다.

바다 저쪽
지는 해를 향해
노 저어 가는
쪽배 위의 늙은 어부 때문인지도 모릅니다.

다른 어부들은 바다에서
서둘러 포구로 돌아오는 저물녘에

홀로 노을을 안고 바다로 나아가는

늙은 어부 얼굴이 붉게 탑니다.
아마 돌아와도
편히 잠들지 못할 사연이 있는 게지요.

호수
— 단풍 · 17

사람조차 구경하기 힘든
깊은 골짜기에
자그마한 호수가 있습니다.

하루 종일 단풍든 나무들만이 둘러서서
가을 햇빛을 삭히고 있지요.

졸졸졸 콸콸콸
깊은 계곡을 감돌아 호수로 접어드는 물들이
온 산의 아름다운 소리를 모아 쏟아 붓고

산새들이 이 나무 저 나무 단풍에 놀라
비명을 떨어뜨리고

단풍들은 서로 다투어
풍덩풍덩

붉디붉은 색깔로 자맥질을 하건만

호수는 전혀 물들지 않은 채
적막합니다.
호수에 뛰어든 소리와 빛깔은
어디로 가고

단지
줄 없는 거문고만 황홀하게 울리며
호수를 감싸고 있을 뿐입니다.

노래
— 단풍 · 53

어느 종합병원 장례예식장입니다.
곁에 있는 다른 빈소와는 다르게
유독 한 곳에 사람들이 몰려 있습니다.
나중에 온 조문객이 투덜댑니다.
"뭐야, 조상도 못하게……."

웅성거리며 둘러선 사람들 안쪽에서
가냘픈 여성의 노래 소리가 흘러나옵니다.
예배 보는 노래 소리가 아닙니다.
불공의 노래도 아닙니다.
제상 앞에 퍼질러 앉은 남루한 여자가
부르는 노래

"울밑에 선 봉선화야……."
노래 한 소절 끝난 중간에

"아버지가 돌아가시면서 내 노래를 듣고 싶다고 그랬다며,

아버지 원망하며 집나간 딸년 노래를……."

그때 옆에 서 있던 좀더 나이든 사내가
"그래 맞아 네 노래를 듣고 싶다는 게 마지막 말씀이셨어
그러니 어이 불러드려
그리구 맺힌 거 모두 풀어."

"울밑에 선 봉선화야……."
웅성거리던 모든 조문객의 눈시울이 벌개졌습니다.
사람들은 가슴에 맺혔던 무엇인가가
하늘하늘 풀어지는 것 같았습니다.

부부
— 단풍 · 23

단풍든 나무 아래에 부부가 서 있습니다.
아내가 남편의 어깨에 머리를 기댑니다.
"요즘 너무 힘들어요."
남편은 안쓰러워, 가냘픈 아내의 어깨를 감싸안으며
아내의 머리 위에 자신의 머리를 기댑니다.
"내가 회사에서 명퇴한 후로 살림이 많이 힘들어졌지?"
"그래요, 어찌해야 할지 막막할 때가 많아요."
남편도 막막합니다.

"아마도……"
남편은 단풍나무를 가리켰습니다.
"이 단풍도 머지않아 낙엽이 되겠지.
그러나 그냥 떨어지는 것은 아닐 거야.
어딘가 내년에 새로 돋아날 잎을 만들어 두었을 거야."

아내는 새삼 단풍잎이 숨겨놓은 내일을 보았습니다.
남편의 손을 꼭 쥐었습니다.

그리곤 남편의 가슴에 자신의 뿌리를 내리기 시작했습니다.
남편도 아내의 손끝을 통해 차츰차츰 뿌리를 내려갔습니다.

새로운 단풍나무 한 그루가 생겨났습니다.
어떤 비바람에도 쓰러지지 않을 듯한 나무 하나가.

낙엽
— 단풍 · 54

지고가기 힘든 짐은 내려놓게
가벼울수록
날개 짓이 흥겹고
꿈 먹은 뭉게구름인 양
가슴은 부풀어
바람 한줄기에
마냥 하늘을 떠다닌다네.

수채화처럼 젖어드는
미련일랑
햇볕에 널어 말리고

늦가을 바람에
가벼운 육신을 들고,
숨 한 모금 무게로

꿈결인 양
사라져 간다네.

이별離別
 ― 단풍 · 36

한 두름 사설을 엮고 있는 솔나무
뒤에서
맴돌기만 하다가
이제 떠나야 하는 나의 바람

어제까지 손바닥에 흥건하던
흙 내음
살 내음
돌아보면 둥둥 떠 사라지고

어제 올린 염불처럼
숲에는
첫눈이 내린다.

되돌아보지 않을 거야.
훌훌
눈송이에 섞여서

눈송이인 양 날리며.

참고 참아 흘리는
그대 울음소리에도
절대 되돌아보지 않을 거야.

눈송이 사이 숨어 날면서
숨어 그대를 돌아보며
눈처럼 하얗게
숨어 섞이는 눈물 하나 놓으며.

꿈 만들기
— 단풍 · 25

사고로 오른팔을 잃은 아이가
울면서 스님에게 말했습니다.
"오른팔이 떨어지면서 내 꿈까지 없어졌어요.
저는 발레리나가 되고 싶었거든요."
스님은 아무 말도 못 하고 아이 머리만 쓰다듬었습니다.
둘이 한참 가을 하늘을 쳐다보다가
"우리 또 다른 꿈을 만들어보자."
스님이 말했습니다.
"이런 몸으로 어떡해요?
전 놀림감밖에는 안 될 거예요.
아무 꿈도 가질 수 없어요."
"아니란다. 살아 있는 모든 것은 꿈을 가지고 있단다.
너도 가지고 있었잖니?"
"살아 있다고 모두 꿈을 가지고 있진 않아요.
전 지금 없거든요."

스님은 또 말이 막혔습니다.

잠시

"애야, 꿈은 네 자신만이 만들 수 있는 거란다.

그리고 너는 지금이라도 마음만 먹으면 꿈을 만들 수 있단다."

손가락으로 아이의 가슴을 가리키며

"네 안에는 꿈을 만드는 부처님이 있단다.

다만 네가 모르고 있을 뿐이지."

"꿈을 만드는 부처님이요?

세상에 그런 부처님도 있어요?"

스님은 아이의 머리를 쓰다듬으며

"그럼 있구말구.

우리가 죽어서 가게 되는 내세에서는

살아 있는 모든 것이 다른 모습으로 태어난단다.

그때

지금보다도 좋은 모습으로 태어나는

꿈을 꾸도록

 우리 마음속에 있는 부처님이 도와주고 있단다."

"그래도 저는 팔을 잃어서 아무것도 할 수 없잖아요."

"애야, 저기 단풍잎을 보렴.
저 단풍잎은 너처럼 어디 다닐 수도 없고 너처럼 말하지도 못
한단다. 그러나 마음속에 꿈을 간직하고 꿈을 향해 살아 왔기
에 저리 곱게 단풍든 모습을 만들지 않았겠니?"

단풍잎이 아이를 향해 손을 흔들었습니다.
"저 단풍잎은 내세에서 좋은 모습으로 태어나겠군요."
아이도 씨－익 웃었습니다.

보살님의 생일상
— 단풍·41

손자와 할머니가 초라한 상을 두고 마주 앉아 있습니다.
음식 가운데 아기 주먹만한 케이크에는 가느다란 촛불이 하나
꽂혀 있습니다.
양 옆 빈자리에
수저만 덩그러니 두벌 놓여 있습니다.

"할머니 생일상이 왜 이래요?"
소년이 입이 댓 발 나와 퉁퉁거립니다.
"왜 내 생일상이 어때서, 네가 좋아하는 케이크도 있잖니"
"미역국도 없고, 케이크도 요만해서야……."
"나는 상관없다. 네놈 잘 먹으면 그게 내 생일상이다."
"할머니도 참…… 근데 누가 와요? 웬 수저를 두 벌씩이나"
"보살님 두 분 몫이다. 네놈은 누군지 짐작 가나?"
"수저는 엄마, 아빠 것인데……."
"맞다. 아무리 저승에 갔다지만 어미 생일을 잊기야 하겠느냐,
그리고 나보담 네놈이 보고 싶어서라도 꼭 올 게다."
소년의 얼굴이 갑자기 벌개졌습니다.

"그럼 첨부터 엄마, 아빠라 하지 않고……."
"이 세상에 네 에미, 애비처럼 훌륭한 사람은 없다.
갑작스런 교통사고로 저승에 가긴 했다만
저승에서도 아마 부처님은 못 되었더라도 보살님은 되었을
게다.
아암 틀림없지."

할머니의 간절한 속마음을 소년은 알았습니다.
어린 손자를 혼자 두고 가야 하는,
살날이 얼마 남지 않은 할머니의 속마음.
소년은 눈시울마저 벌개졌습니다.
"할머니도 참.

할머니 제가 얼른 자라서 엄마, 아빠까지 함께 드실 수 있는
커다란 할머니 생일상을 차려드릴 게. 그때까지만 참아요.
응?'
이번엔 주름진 할머니 눈시울이 벌개집니다.

“어머니—임”

옆에선가, 공중에선가 목메어 할머니를 부르는 소리가 들린
듯합니다.

찬바람
— 단풍 · 3

찬바람에 한번 몸서리치고 나면
인자하게 웃던 그대의 모습이
후두두둑
별똥별처럼 허공으로 떨어져 나가고,

그믐달빛에 맨살을 저미고 나면
맘속에 감추고 보듬었던
그대의 낭랑한 말씀들이
우두득 우드드득
고드름처럼 희게 부서지고,

그나마 공허해진 마음에
차디찬 별빛이 스치면
귀뚜르르 또르르
맑고 단단한 눈물 하나가 굴러 떨어진다.

귀뚜르르 파르르
노란 웃음 하나가 허공을 난다.

물

- 단풍 · 39

물은 골짜기를 내리며
힘겹게 산 그림자를 지고 가느라 비틀거립니다.
바위에 부딪고 곤두박질치다가
산 그림자를 깨치기도 합니다.

평평한 내에 이르러서야
산 그림자를 속 깊이 갈무리하고
이번엔 구름을 담습니다.
아예 하늘까지 담습니다.

어렵게 하늘을 이고 가면서
자꾸만 내려앉는 하늘의 무게에
파랗게 질리기도 합니다.

마을을 지나는 길에
힘겹게 살아가는 사람들의 아프고 고된 삶을
또 한아름 떠 담고 갑니다.

그리곤 밤새워 우르릉우르릉 속으로 혼자 울며 흐릅니다.

물은 주변의 모든 것을 자기 가슴속에 품으려는
그 욕심의 무게로 늘 내려앉기만 합니다.
내려앉고 또 내려앉는 물은
한없이 누워 뒤척이며 흐르다가
어느 날 문득
흐름을 멈추고 스스로 일어섭니다.
그 무겁던 산은 스스로 녹아 노을이 되고.

노을 뒤로 하늘이, 하늘 속에 석양이,
석양을 등지고 바다가 맑은 미소로 일어섭니다.

촛불
— 단풍 · 43

그 골짜기의 단풍이 유별나다기에
마음먹고 아침 일찍 서둘러 올라갔습니다.
단풍은 볼 수 없고 안개만 자욱했습니다.
다음날은 좀 늦은 시간에 휘적휘적 올라갔습니다.
이번엔 비바람에 근처도 못 가고 내려왔습니다.
소문처럼 단풍 모습은 보기가 어려웠습니다.
밤새워서라도 보리라 마음을 단단히 먹고 떠났습니다만
너무 늦어 어둠이 먼저 내려앉아 있었습니다.
되돌아오기가 아쉬워
촛불을 당기고 기다렸습니다.
촛불에 주변이 갑자기 밝아지고
그 밝음 때문에 그나마 희미했던 골짜기와 길마저 보이지 않고
나는 촛불에 갇히게 되었습니다.
촛불 밖의 어둠은 점점 두터워지고 내 시력은 점점 작아져
내 발밑조차 보이지 않았습니다.

촛불을 켜지 말걸 후회가 일었습니다.

어둠 속에서 던져오는 무서움과 망상 때문에
촛불이 꺼질 듯 흔들리기도 합니다.
무서움을 떨치기 위해 '단풍을 보아야지' 하는 결심으로
마음을 다스렸습니다.
그래도 촛불은 여전히 일렁이기만 했습니다.

나중엔 할 수 없이 단풍마저 버리고 촛불만 보았습니다.
눈이 아파 아무것도 안보이고, 얼마나 시간이 흘렀는지도 모
를 때
갑자기 촛불이 스스로 빛을 잃고
어둠의 내외가 저절로 유리처럼 명료해졌습니다.

거기에 단풍이 있었습니다.

은행잎 이야기
― 단풍 · 27

하늘에 떠 있던 반달이 살짝 내려앉은 듯
큰 은행나무 꼭대기에 매달려 있던
제일 노랗게 물든 은행잎 하나가
허공으로 한 발 내딛습니다.

빙글 한 바퀴 돌면서 이웃집 창문을 봅니다.
지금은 창문이 텅 비어 있습니다.

빙그르르 두 바퀴 돌면서
어느 날 밤 여학생이 창문에서
별님에게 기도하던 모습이 떠오릅니다.
"어머니를 살려주세요."

호로록 세 바퀴를 돌면서
은행잎도 별님을 보며
같이 간절하게 빌어주던 생각이 났습니다.
"제발 어머니를 살려주세요.

어머니와 둘뿐이거든요.”

호로로록 열네 바퀴를 돌면서
어머니가 구급차에 실려 떠나던 모습,
그리고 며칠 후 여학생 혼자 돌아와
밤새 창문가에서 하늘을 향해 어머니를 부르며
흐느끼던 모습이 지나갑니다.

부르르르 떨며 스물다섯 바퀴를 돕니다.
이모라는 사람과 집을 떠나며 여학생은
“돌아올 거야, 의사가 되어서 돌아올 거야. 어머니!”
빈집에 대고 소리 질렀습니다.

파르르르 여든 여섯 바퀴를 다 돌지 못하고
은행잎은 빈집 창문에 다가가 창문 틈에 끼었습니다.
　“108번은 돌아야 하는 건데, 그래야 나도 서방정토로 가는
건데……”

그러나 은행잎은 창문틀을 꼭 붙들고 있습니다.

여학생이 돌아올 동안 빈집을 지켜주려는 듯
마치 자기가 어머니라도 된 듯.

감나무 잎
— 단풍 · 50

작고 예쁜 감나무 잎 하나가
팔랑팔랑 바람에 흔들리며
빨갛게 여문 감을 감싸 안습니다.

오랜 세월 동안
감 알이 영글도록 보듬고 건네준
달콤한 말
달콤한 향기
달콤한 노래들

마지막 달콤한 미소까지
모두 건네고
발갛게 부끄러운 마음만
팔랑팔랑
날립니다.

산 오르기
— 단풍 · 44

산 중턱쯤에선가
소년은 숨이 턱에 차서 발을 멈추고
"이만큼 올라 왔으면 됐잖아요?" 물었습니다.
발 아래로 골짜기가 길게 이어지고
그 끝에는 절이 아주 작게 보였습니다.

아직 철이 일러 산꼭대기에만 단풍이 들었다기에
그를 빌미로 애써 오른 산길입니다.
"단풍이 어디 있는고?"
스님이 물었습니다.
"저기 산봉우리를 보면 어렴풋이 붉은 색이 보이잖아요."
"그건 아직 단풍이 아니다."
"왜요?"
"여기는 꼭대기가 아니거든"
"꼭대기에서 보나 여기서 보나 마찬가지 아녀요?

꼭대기에 뭐가 있다고"

"사실 꼭대기엔 아무것도 없지. 하늘밖에는"
"그렇다면 더구나……."
스님이 빙그레 웃으며 걸음을 떼었습니다.
"하지만 거기에서는 어렴풋한 단풍이 아닌
 진짜 단풍을 만날 수가 있지"

산문

— 단풍 · 21

"산문山門이라……."
웃음 띤 스님은 손을 들어 가리키며
"저 모퉁이를 지나면
아마 산문山門이 보일 겝니다."
스님은 다시 한번 빙긋 웃고는
휘적휘적 내려가 버렸습니다.

모퉁이를 돌아
스님이 가르쳐 준 대로
바위가 놓인 징검다리를 건너고
너럭바위 앞도 지나고
자그마한 용소龍沼도 지났건만

아무리 걸어도
스님
제게는 왜 산문山門이 아니 보이나요.
혼잣말로 묻고 보니

바로 앞에
붉게 단풍든 나무들이 서로 엉겨
터널을 이루고
그 속에서 목탁소리
은은히 새어나왔습니다.

태어나기
— 단풍 · 11

아기가 울며 태어나서
병들고 신음하다
힘없이 늙고
마침내 고통스레 죽어 가면
참으로 물방울 같은 덧없는 인생이라.

아이가 태어나 푸른 하늘을 보며
새처럼 나는 꿈을 안고
온갖 병과 싸우며 자라서
마침내 하늘을 나는 비행사가 되어
꿈을 이루고 늙어 가면
죽음조차 잔잔한 미소가 되리니.

아이가 소리를 지르며 태어나
맑은 노래를 부르며,
노래로 병마저 다독거리며,
가난한 늙음일망정 노래로 덮고

설사 죽음의 고통마저 노래로 넘고 나면

가고도
남아 있는 노래로
온 골짜기가 두고두고 무지개 손짓으로 술렁이리니.

아기가 백치의 웃음을 먹고 태어나
웃음을 깨닫고
병과 더불어 웃으며
웃다가 늙고
웃음으로 죽음을 맞으면
그 자리엔 단풍진 골짜기 위를 덮는
맑은 허공虛空이 하나 남으리니.

대답
— 단풍 · 45

스님은 망연히 단풍든 골짜기를 바라봅니다.
나는 의기양양해서 빚 독촉 하듯이 스님을 몰아쳤습니다.
"도대체 자비가 무어에요. 어떻게 생겼어요?"
말이 없는 스님에게 나는 빈정거렸습니다.

스님은 한참을 뜸을 드리다
"묻는다고 다 대답할 수 있는 것은 아니지요."
그리고 또 한참 뜸을 드리다
"시주님은 인사할 줄 아세요?"
하고 엉뚱한 질문을 했습니다.
"그야 당연히 할 줄 알지요"
"그럼 저에게 인사 한 번 해 보시겠어요?"
참으로 어이 없어하며 나는
"스님, 안녕하십니까?"
하고 큰소리로 인사를 했습니다.

“이번엔 겉치레로 말고 진심으로 ‘안녕하십니까’ 해보겠어
요?”

“진심으로요?”

“그래요 정말 안녕을 걱정하는 마음으로”

나는 시키는 대로 인사를 다시 했습니다만 마음이 이상해졌
습니다.

“그럼 이번엔 저기 강아지에게도 진심으로 인사를 해보시겠
어요?”

“강아지에게요?”

“강아지를 정말 걱정해주는 마음으로.

뿐만 아니라 여기 있는 이 단풍나무에게도 해보시지요.

진심으로 안녕한지 어디 아픈 곳은 없는지.”

나는 대답을 못하고 얼굴만 벌개졌습니다.

화개사
— 단풍 · 30

교동섬에 있는 화개사라는 작은 절에는
여스님 한 분이 절을 지키고 있습니다.
뜰 가장자리에는 곱게 물든 단풍나무 한 그루가 있고
오래된 노송이 뜰 좌우에 두 그루씩 몸을 비틀고 서 있습니
다.
마침 단풍 같은 노을이
법당 안의 스님과 찻잔을 비추기 시작합니다.

"물론 사람이 찾아오면 반갑지요.
그러나 설사 절이 텅 빈 것처럼 며칠씩 찾아오는 사람이 없
어도
쓸쓸하지는 않답니다."
대답을 한 후 스님은 찻잔을 들며 뜰을 바라봅니다.
나도 따라서 뜰을 내다보았습니다.
단풍나무가 곱게 물든 채 살랑이고 있습니다.
단풍나무 밑으로 다람쥐 두 마리가 앞서거니 뒤서거니 오르
내립니다.

앙증맞은 솔새들 울음소리가 솔나무에서 들립니다.

비스듬한 석양이 더욱 깊숙이 들어와
스님의 얼굴을 비추고
마루에 반사된 노을이 부처님 상호까지 비쳐줍니다.
여스님과 부처님 상호에는
단풍빛이 물들어
저절로 미소짓는 표정이 우러났습니다.

덩달아 내 얼굴도 노을처럼 붉어졌습니다.

섬

— 단풍 · 48

찬바람에 낙엽이 날리듯
속절없이
그대가 떠나고
그 떠난 빈자리 때문에
눈물이 솟았다.
짜디짠 눈물이 솟았다.

짠 눈물이 넘치고 넘쳐
푸른 바다가 되고
바다는 아픔의 소리가 보이는 대로
가두어 버렸다.

넘실대는 바다에서 석양을 받으며
가두어진 나는 하나의 섬이 되었다.

내 안에 가두어둔 눈물
섬 안에 갇힌 그대

아무리 몸부림쳐도 벗어나지 못하는 업

그대는 끝내
떠나지 못했다.

캔버스
— 단풍 · 24

단풍든 골짜기 아래에서
화가는 고통스러운 얼굴로 하염없이 앉아 있습니다.
"단풍색을 화폭에 담아 보았으면……."

팔레트의 물감을 만지작거리기만 하고
하루 종일 캔버스는 비워둔 채
망설이고 있는 중입니다.
"도저히 색을 고를 수가 없어."

마지막 삶을 승화하여
커다란 지혜로 깨우쳐 피안에 이르러 가는 모습을
화폭에 꼭 담고 싶어 쉽게 자리를 뜰 수도 없습니다.
얼굴은 점점 초췌해져 갑니다.

며칠 후 노을이 온 골짜기를 덮을 즈음
화가는 얼굴에서 고통스러운 표정을 거두었습니다.
그리고 캔버스의 흰 천을 뜯어내었습니다.

틀만 남은 캔버스에 단풍든 골짜기가 잠시 담겼습니다.

문득 화가는 일어서며
이젤과 캔버스 틀까지 모두 치워버렸습니다.

노을 든 단풍들이 하늘거리는 속에서
노을 든 또 하나의 얼굴이 단풍이 되어
그림에 담기고 있었습니다.

가출
— 단풍 · 20

집 나온 아이가
거리를 헤매다 지쳐서
골짜기 바위 위에 앉아
붉게 물든 단풍을 쓸쓸히 구경하고 있습니다.

"아이야 들어보렴."
골짜기 저 안쪽으로부터
사람 모습은 보이지 않고
아름다운 음악만 단풍든 나무 사이를 더듬으며
흘러 내려옵니다.

고운 음악이 아이의 마음을 어루만져 줍니다.
때로는 사랑의 감미로운 선율이
단풍잎처럼 마음을 살랑이게 하고
때로는 이별의 고통이 선율을 타고
아이의 가슴을 헤집어 놓기도 합니다.

먹구름 같은 절망의 멜로디가
온 골짜기를 회오리쳐 지나갈 때면
아이는 저린 가슴을 헤어나지 못해
울컥울컥
눈물까지 흘립니다.

"아이야!
단풍나무 숲이 말합니다.
"삶이 고통스럽다고 굳이 도망가려고
애쓰지 마라."

단풍나무 숲이 너울너울 손짓합니다.
"네 앞에 있는 단풍잎을 한번 보렴.
아름답지 않니?
그러나 단풍잎도 지난 계절 시련과 고통을
오래오래 참아 오지 않았다면
어찌 저리 곱게 물들 수 있었겠니."

택시기사
— 단풍 · 34

고맙다는 그 한마디를 못해서
생각하면 지금도 얼굴이 붉어집니다.

급한 볼일이 있어서 택시를 탔었습니다.
마음이 조급해서인지
느려터지게 차를 모는
50은 넘었을 왜소한 개인택시 기사가
영 못마땅했습니다.
앞에 다른 차가 끼어들면
"쯧쯔……."
혀를 차고는 다시 간격을 벌립니다.
아마도 딴에는 안전거리를 확보하려는 모양입니다.
'바보, 병신, 멍청이. 좀더 바짝 몰지 못하고…….'

잽싸게 다른 택시가 끼어들어 놀라 멈칫 했습니다.
"저런 저런, 쯧쯔……."
그러나 운전기사 얼굴은 태평합니다.

'난 지금 급하단 말이야, 이 바보야.'
소리치고 싶었습니다.
끼어들었던 젊은 택시기사가
다시 옆 차선으로 갑자기 나갔습니다.
옆 차선에서 클랙션이 울리고 전조등이 번쩍였습니다.
아마도 몹시 놀란 모양입니다.
나는 그런 택시가 차라리 부러웠습니다.

우리 앞으로 또다시 짐 실은 트럭이 끼어들었을 때
"천하에 병신, 머저리!" 하고
참았던 분노를 막 폭발하려는 순간
"생명보다 소중한 건 없지요."
뜬금없는 한마디.
내 표정을 흘끔 보다가
쯧쯔 혀를 차며 던져 준 한마디.
나는 아무 대답도 못 하고 내렸습니다.

신기하게도 약속 시간에는
별로 늦지 않았다는 것을 깨달았을 때
멀리 다른 차들 속으로 사라지는
왜소한 택시기사가
갑자기 부처님만큼 커다란 사람으로 다가왔습니다.

흐린 날씨인데도
멍청히 서 있는 내 얼굴엔
벌겋게 노을이 들었습니다.

소원
— 단풍 · 4

몸뚱이 구석구석
노랗고 붉은 별빛을 받아들이며
간절한 마지막 소원 하나를 온몸에
밤새워 바른다.

수수수수
나무아미타불

수수수수 휘—잉.

단풍 은하수
— 단풍 · 51

늦가을 찬비가
선녀못에 머물고 간 뒤
아기 단풍들이 우수수 떨어져
연못을 가득 메웠습니다.

싸늘한 바람이
물결을 쓰다듬고 쓰다듬어
맑은 얼음을 얼리고
단풍들은 둥둥 연못에 누워
은하수가 됩니다.

토끼가 직녀처럼
별을 밟고 지납니다.

고라니가 견우처럼
단풍잎을 밟고 지납니다.

산비둘기가 꾸럭꾸럭
북극성을 쪼아 봅니다.

은하수에 반짝 불이 들어옵니다.

그 분
— 단풍 · 8

그 분이 오늘 밤 나의 그늘에서 쉽니다.

길가 숲에서 태어나
길에서 방황하고
길에서 깨달음을 얻은 그 분이
오늘밤 고갯마루턱에 있는 나의 그늘에서
오랜 여행을 미소로 접으시며
내 무릎을 베고
잠에 드십니다.

그분의 미소로부터 번져 나오는
노래와 향기로
세상에서 가장 성스러운 빛깔을 빚어
그분을 덮어봅니다.

단절
— 단풍 · 5

단칼에 베리라
어제까지 혈관 마디마디 사이를 휘저으며
들끓던 증오의 핏줄기를
단칼에 베리라.

칼끝에 똑똑 떨어지며 죽어가는 노래를
한 올씩 핏빛 바람으로 엮으며
휘—이
휘—이
밤새워 무색의 바람으로 풀어내며.

시詩의 무덤
— 단풍 · 35

우리가 살다 살다
멋대로 흘러가는 세월에
허우적대며 살다가
간이 썩어가고
뼈마저 삭아
마침내 오징어처럼 문드러져 살다가

여자를 만나 사랑의 단물을 마시며
흥청망청 살다가
7월 가뭄의 우물처럼
더 퍼낼 향기마저 마르고
두레박 끈까지 형편없이 삭아서
뙤약볕 아래 누운 숭어처럼
헐떡이며 살다가

허허벌판에 눈 쏟아지는 날
혼자 걸으며

혼자 소리 지르며
혼자 죽어가는 날
육신은 검불처럼 바람에 다 날아가고
마지막 남아서 눈에 묻히는
맑디맑은
눈물 한 방울.
붉디붉은
노을 한 방울

전설傳說
　― 단풍 · 55

어디쯤일까
땅속 어둠에 웅크리고
나의 입술
싸한 바람 한줄기 힘겹게 엮어 내던
그해 그 가을 그날

진작 그대는 떠나고
나만 붙박이로 남아
칼 가르는 소리로 울고 있던 그해 그 가을

핏기 가신 얼굴에 하얀 서리를 이고
맨몸으로
바람, 그대를 기다리던 그해

스스로 찢은 상처에서
안으로 발갛게 익으며 응어리만 삭히던
그때 나의
어린 첫사랑

길 끝
— 단풍 · 37

무엇을 남겨
가슴에 담아 가야 하리.
길 끝은
언제나
회오리바람 지나는 사막.

어쩌다 잠자리에서 거니는
떡갈나무 숲과
맑은 계곡은
닿지 않는 전설일 뿐,
계곡을 벗어나면
푸른 아지랑이 피는 사막
아득한 사막 끝에서 일어나는
유황 불덩이
아버지의 나라.

아버지가 쉬엄쉬엄 거닐며 가꾸는

저 불의 나라에
내 무엇을 가지고 가야 하리.
뜨거운 불꽃 속에서도
절대 녹아 사라지지 않는
그 무엇을
가슴에 담아 가야 하리.

까마귀
— 단풍 · 38

나는 고향을 자꾸 잊는다오.

눈 위에
까만 발
자국

흰 발자국

나는 한사코 고향으로 돌아갔는데
돌아가 늘 누웠었는데

까만 발
자국
흰
발자국

살아도 흔적 없는
걸어도 걸어도 빈 세상

흰 눈 위에
까만 발
자국.

첫눈
— 단풍 · 56

어제까지 나뭇가지를 쥐고 흔들던
바람에 휘둘려
암울하기만 했던 눈빛이

밤새 내린 함박눈으로
온통 세상을 덮은
하얀 웃음

비로소
오랜 세월 가두어 기르던
수줍음과 설레임을
한껏 터뜨려 내는
향긋한
입술

자르기
— 단풍 · 10

산자락을 감싸고도는 안개 속에다
은밀히 품어 왔던
세상에 대한 분노를 풀어 흩뜨립니다.

그래도 가슴에 매달려 흩어지지 않는
미움의 뿌리를
예리한 날을 휘둘러
베어버리고 말았습니다.

베어진 자리에서 흐르는 피를 보며
홀로 산자락 숲속에서
오래오래 떨고 서 있었습니다.
오래오래 떨고 있다가
종내 단풍나무가 되었습니다.

산철쭉
— 단풍 · 13

아가야
한라산 꼭대기 어느 바위틈에
가을이면 곱게 단풍이 드는 산철쭉 한 그루가
바람에 기대어 살고 있다고 한다.

아무도 보지 못하고
아무도 찾지 못한
신비한 산철쭉 이야기는
바람에 실려
산 아래 마을과 마을 사이를 돌며
사람들을 설레게 만들었지만
산철쭉을 캐러 호미 들고 떠난 사람들은
하나같이
벙어리가 되어 돌아온다는구나

아가야
네가 커서 한라산에 오르거든

호밀랑은 산기슭에 두고

거추장스러운 옷일랑은 산중턱 계곡에 벗어두고

그동안 보듬어온 미움이 혹 있걸랑

훌훌 산마루 구름에 걸어두고

단지 하얀 무서리만 머리에 이고

바람보다도 가벼운 몸뚱이로 오르면

태양보다 붉은 황홀한 철쭉을 만나리니

철쭉으로 변한 너를 만나리니.

인내
— 단풍·9

"어떻게 해야 아름다운 색을 내나요?"
단풍잎이 줄기에게 물었습니다.
"세상에서 가장 아름다운 것만 생각해 봐."
줄기가 노회한 목소리로 말합니다.
단풍잎은 열심히 생각해 냈습니다.
"따뜻한 햇볕,
밤하늘의 별,
그리고 바람, 달, 무지개, 구름…….
그렇지. 꾀꼬리 노래 소리, 뻐꾸기 소리, 개구리, 귀뚜라미…….
또 있지 진달래꽃, 찔레꽃, 배꽃, 쑥부쟁이, 들국화……."
그러나 잎이 바라는 색은 아무리 기다려도 나오지 않았습니다.
단풍잎은 절망해서 훌쩍였습니다.

"그것만 가지고는 색이 안 만들어져,
단풍색은 무르익은 향기와 섞여야 나오는 거야."

저 밑 땅속에서 뿌리가 울리는 목소리로 말했습니다.

"그런 향기는 어떻게 만나지요?"

새삼 용기를 가진 단풍잎이 물었습니다.

"그건 어두운 땅 속에 있지.

썩어가는 것들,

죽어 있는 것들

죽어서 새로 태어나려고 준비하는 것들 속에서 생긴단다."

"그런 것들에서 어떻게 향기가 생겨요?"

단풍잎은 믿어지지 않았습니다.

"모르는 소리,

가장 악취가 나는 인간조차도

좌절과 절망의 어둠 속에 뒤섞여

오랜 세월 삭으면,

삭고 삭아서 모두 삭아 없어지면

그때 맑고 향기로운 수액이 빚어진단다.

그때쯤이면 내가 땅속에서 퍼 올려 네게 올려 보내줄 거야."

"그게 언젠데요?"
"기다려.
꿈만 꾸면서 기다려.
기다리고 기다리다 지쳐 숨이 막힐 때까지."

된장국
— 단풍 · 15

아내가, 막 끓인 된장국 한 수저를 떠주며
"맛 좀 보아요."
맛을 보며   나는 무심코
"괜찮군." 대답했습니다.
순간 아내의 샐쭉해진 표정을 보고
한 수저의 된장국이 던져주는
찰나의 의미를 놓쳐버린 것을 알았습니다.

여러 개의 된장단지에서 일일이 맛을 보고 고른 된장,
정성들여 받아둔 쌀뜨물,
맛을 내기 위해 마련한 채소와 양념
그리고 끓이는 내내 불 앞에서 맛을 고르던 아내의 정성
이 모든 것이 녹아
내게 전달된 초조한 된장국 한 수저

그게 단풍의 아름다운 색깔임을 몰랐습니다.

도량
― 단풍 · 31

스님은 대답 대신 내게 반문했습니다.
"그럼 농부는 왜 사람이 많은 도시에서 살지 않지요?
 정작 양식을 필요로 하는 사람이 많은 곳은 도시인데."
"그야 농부는 농사짓기에 마땅한 농토가 있어야 하니까
 농촌에 있을 수밖에 없지요."
"절도 스님도 마찬가지지요.
 스님도 마음의 농사를 짓는 농부랍니다."
도량에 대해 시비를 걸었던 나는 또 얼굴이 붉어졌습니다.

단념
— 단풍 · 6

밤새 끌어안고 연민하던 발자국들을
지나는 바람에
하나둘 놓아 보내며
부들부들 떨고 있는 손가락 끝에
호로록
호롱불 불빛이 돌더니

사르륵
잎새마다
노을이 튼다.

얼굴
— 단풍 · 19

스님에게 장난스레 말했습니다.
"내가 부처님 상호를 조각한다면
엉엉 우는 부처님을 만들겠습니다."
"엉엉 우는 부처를 무엇에 쓰게요."
"중생들은 해탈을 못 해 고통 속에서 헤매는데
부처가 근엄하거나 웃기만 해서야 되겠습니까?"
"그야 해탈한 상호를 보여주느라 그런 게지요."
"해탈을 하셨으니 더더구나 고통받는 중생을 위해
엉엉 울 수도 있잖겠어요?"
스님이 빙그레 웃었습니다.
"제가 본 거의 모든 부처는 엉엉 우는 상호를 하고 있던데요."

화개산에 오르며
— 단풍 · 33

참나무 숲 가장자리에
멧비둘기 울음이 내려앉고
동진포 바다 내음이
나뭇가지 끝에
걸릴 때면
화개산에도 새벽이 열린다.

간밤
교동섬을 안고 떠돌던
비밀스런 사랑의 운율이
아침 햇살을 받으며
단풍색으로 피어나는
화개산을 오르며

바다가 토해내는
붉은 설렘을
옷깃에 담는다.

연어의 죽음
— 단풍·32

흰 포말을 감아 올리는 산골 여울물에서
짙은 고향 냄새 한 모금,
지느러미에 진득하게 달라붙는
거친 여정旅程으로 찢긴 무늬 한 줄,
마지막으로 토해내는 붉디붉은 미소 하나를
남기고
연어는 떠났다.
북태평양의 거친 물살을 뚫고,
해초 사이를 헤집으며,
실낱같은 고향 냄새를 찾아
온몸으로 솟구쳐 오르던 열정.
그런 정열을 안고 그는 떠났다.
엊그제 평교사로 명퇴名退를 했던 친구의 빈소殯所
조문객도 없이 쓸쓸한 방에
퍼질러 앉아

생전 황국화처럼 곧잘 웃던
친구를 흔들어 깨운다.
"이제 그만 일어나,
 무에 그리 급해 백묵 놓자 떠나노."

시계
— 단풍 · 12

나는 매일 아침 일어나
벽시계의 태엽을 감았습니다.
재깍재깍 바늘이 돌아가고
그래서 아침이 열리고
아이가 울고
젊은이들이 싸우고
또 사랑에 신음하고
노인들이 병을 앓고…….

어느 날 문득
나는 시계 옆에 서있기만 하고
태엽을 감아주지는 않았습니다.

시계는 죽었습니다.
그리고 벌겋게 녹슬기 시작했습니다.
세상이 녹슬어 온통 뒤죽박죽되는 듯했습니다.

녹이 부스러져 먼지가 되고
시계가 형체를 잃어갈 즈음
두 손을 모은
나의 손바닥에 찻물 같은 향기가 고였습니다.
그리고 노을색으로 물들어 갔습니다.

존재
— 단풍 · 16

어떤 사람이 실존實存을 깊이깊이 파고들다
허무의 늪에 빠져 허우적거리던 중에
하루는 초췌한 몰골로 스님을 찾아왔습니다.
스님이 걱정스레 물었습니다.
“실존을 찾으셨다면서요?”
“존재의 자아自我를 자각自覺하면 실존 아닌가 여겨집니다.”
“그런데 왜……?”
“ ‘인식하는 한限’ 이라는 벽에서 헤어나지 못하고 있습니다.”
스님은 손을 들어 단풍을 가리켰습니다.
“저 단풍이나
단풍나무에 앉아 있는 새나
여기 서있는 선생님과 저에게
어제, 오늘 그리고 내일의 억만 겁 시간을 얹어놓고
자아를 찾으면 어떻게 될까요.
있기는 있을까요.”
“글쎄요. 흔적이라도 있기는 있을 것 같군요.
형체는 몰라보겠지만요.”

스님이 돌아서며 말했습니다.

"그걸 한번 찾아보시지요."

떠나온 길
— 단풍 · 7

이제사 그게 부끄러움이었음을 알게 되다니
훌훌 털어버리고 떠나온 먼 길

생활 구석구석에 꼭꼭 숨어 있어
완전히 사라졌다 여겼던 것들이
고갯마루에 올라
잠시 석양을 바라보는 이제사
때묻은 먼지 틈에서 얼굴을 내밀다니.

철없던 시절의 치기, 거짓말, 배신
그것들이
모두 일어나
잔가시처럼 얼굴을 찔러대다니

휘적휘적 떠나온 머나먼 길
어쩔거나 이제는 돌아갈 수 없는 길을.

제2부

숲

숲

새가 울어도
숲은
들으려 하지 않았다.

그 숲엔
메아리가 없었다.

처음 골짜구니로
바람이 들어설 때도
숲은 소리없이
흔들리기만 했다.

새가 날개를 퍼덕여도
숲은 공간을 주지 않았다.
숲의 머리 위에는
하늘이 없다.

처음
한 줄기 햇살이
숲을 가르고 들어설 때에도

숲은
그늘을 지우고
열어주지 않았다.

꿈자리

깊이 든 잠자리에서
잠시 아내의 곁을 떠난다.

방황 끝에 지쳐 돌아와
잠자리에 눕고 보니
이번엔 아내가 떠나고 없다.

나는 숲을 헤매다 돌아왔건만
아내는 어디로 떠난 걸까.

나는 숲의 샘터 근처를 헤매고 있었지만
아내는 숲의 어디를 방황하고 있는가.

숲으로 다시 들어가
목이 쉬도록 불러도
대답이 없다.

아침에 지쳐 돌아온
아내의 목도 쉬어 있건만.

사도세자

뒤주 속에서
머릴 잘랐지요.
아버지
세상 인연이라는 거
이리 아픈 줄 모르고
갈대 같은
머리를 잘라냈지요.

무시로 울던
바람
어디로 가고

이승하고 저승 사이
길이 트이더이다.

마지막 한 줌
머리칼이 잘리고

아버지, 울음소리가
비로소 웃음처럼 들리더이다.

사과의 인상印象

나무 밑에 떨어진

뉴톤의 사과

한 알이

긴 날을 두고 썩고 있었다.

썩어가는 사과

한 알은

실상 땅 속으로

곤두박질치며

한없이 떨어지고 있다는 생각이 든다.

나무 아래서

썩다가 썩다가

말라 비틀어진

사과의 일대기一代記는

휴지처럼 끝나고 있었지만

실상은 죽은 것이 아니라

죽은 듯이 누워서

신성神聖한 땅 한 조각을 위하여
맑은 공기空氣 한 모금을 위하여
우주宇宙와 지하정토地下淨土를
방황彷徨하고 있다는 생각이 든다.

사과 씨앗의 내부를
들여다보며 만나는
노랑, 빨강 향기로운
사과향기가
속살을 에둘리고
땅 속으로 끝없이 떨어지다
마침내 포옹하는 맑은 시냇물 소리는
사과 한 알의
음성音聲이라는 생각이 든다.

약수터를 만들며

여기쯤
산새 한 쌍이 날아와
하늘 푸른 조각을 쪼아
둥지를 트는 여기쯤
숲의 숨소리 가까이 들리는 이곳에
심장을 헤치고 정釘을 박으라.

아침 안개 피워 앉은자리
깊이 속에서 울리는 땅의 맥박이
전설로 용솟음치는 여기.

짐승우는 소리 머물고
가끔은 나무하는 아이
휘파람이 지나는 여기쯤
정釘소리도 함께 울려보라.

땅 속 깊이
바위 밑으로만 흐르던 수줍음이
맑은 지혈地血로 솟아오르는 날
처음 입맞춤의 희열로
숲을 흔들어 깨우며
정釘을 박아보랴.

숭어 이야기

숭어 새끼들이 숨어서 은밀히
비늘을 닦고 있는 곳을 알로 있다.

더러울 대로 더러워진 요즘 강江
그 사이로 거슬러 오르는
숭어의 비늘이
유난히 빛나는 까닭을

어릴 적 골목을 떼지어
몰려다니던
장난꾸러기들의 맑은 웃음이
솟아나는 곳을

강보다
바다보다 더 깊은 골짜기에서
푸르른 샘을 퍼내는 곳을

난蘭과 겨울

손끝에 난 향기
한 올
묻혀 낸 저녁은
난 잎 하나가 밤 새
기침을 한다.
기침을 하다 하다
제 몸까지 태우는
난은
연기조차 한 가닥
남기는 법이 없다.
난 잎이
싱싱하게 살아난
저녁은
내 손마디 하나가
대신
까맣게 탄다.

침몰沈沒

1

벙어리였다. 바다는
말 못하는 불구였고
귀머거리 우리의 귓가에는
메시아의 휘파람이 걸려있었다.
언어는 하얗게 쓰러져
가라앉는 돛대 끝에서
떨고 있었다.

2

항구가 출렁거렸다. 부두는
그들의 지친 배를 안고 무너져 내렸다.
성큼 선체 속으로 솟아드는 물줄기는
이미 부재不在의 몸짓이었다.

3

가라앉는 자들의 몸짓과 음성을

바다는 깊은 곳에 앉아
듣고 있었다.
한 발, 한 발 아래로 내려설 때마다
어둠은 공포로 반짝거렸다.

4

음성 하나 가라앉을 깨마다
바다의 상심傷心은 한 가닥 더 했다.

5

말씀을 하나씩 잃고 있었다.
그때마다 바다는 제 몸을 가르고
핏발선 목소리로 일어나
항구를 향해 돌진하고, 부딪치고
하얗게 부서져 한 가닥씩
불꽃으로 타고 있었다.

6
귀머거리였다. 우리는
듣지 못하는 불구였고,
전달되지 않는 언어를 깃발에 달아
항구를 부딪는 바다는
한 자루 촛불을 켜들고
끝없이 내려앉는
앙상한 돛대의 목소리였다.

역에서

술잔이 굴러 떨어졌다.
깨진 유리잔에서
술향기 대신 피가 났다.

그녀가 떠나는
기차를 보내고
플랫폼에
무성해진 숲
빛살 하나 없는 어둠 속에서
슬픈 새떼들이
빛나게 울고 있었다.

당신 소문

나는 강가에 나가 손을 씻으며
멍청한 강을 세뇌시키고 왔습니다.
한양 복판을 굽이굽이 돌아오면서도
당신 소식하나 물어 오지 않다니…….

앞으로
집집이 수도꼭지에 귀를 열어두고
눈도 부릅뜨고
소문이란 소문은 모두 거두어 오라고
강의 볼기를 찰싹찰싹 때렸습니다.
지금쯤 당신은 아마
인간보다도 비겁하게 겁난 얼굴로 숨어서
재채기를 하고 있겠지요.
나는 강가에 나가 손을 씻으며
멍청한 강을 세뇌시키고 왔습니다.
멍청한 놈 하며 볼기를 치고 돌아와 보니

나의 등골이 저려 왔습니다.
헤어진 후 피골이 상접해 졌다는
당신의 아픈 소식이 대문에 걸려 있기에.